U0734810

Lüye Ji

绿叶集

周勃生 ◎ 著

黑龙江人民出版社

图书在版编目(CIP)数据

　　绿叶集／周勃生著. — 哈尔滨：黑龙江人民出版
社，2018.8
　　ISBN 978 – 7 – 207 – 11468 – 6

　　Ⅰ. ①绿…　Ⅱ. ①周…　Ⅲ. ①诗集—中国—当代
Ⅳ. ①I227

　　中国版本图书馆 CIP 数据核字(2018)第 187290 号

责任编辑:张广博　孙国志
封面设计:鲲　鹏
责任校对:秋云平

绿 叶 集
Lü Ye Ji

周勃生　著

出版发行　黑龙江人民出版社
地　　址　哈尔滨市南岗区宣庆小区 1 号楼
邮　　编　150008
网　　址　www. longpress. com
电子邮箱　hljrmcbs@ yeah. net
印　　刷　永清县晔盛亚胶印有限公司
开　　本　880×1230　1/32
印　　张　5.75
字　　数　10 千字
版　　次　2018 年 8 月第 1 版　2021 年 6 月第 2 次印刷
书　　号　ISBN 978 – 7 – 207 – 11468 – 6
定　　价　28.00 元
版权所有　侵权必究　　　　举报电话:(0451)82308054
法律顾问：北京市大成律师事务所哈尔滨分所律师赵学利、赵景波

目　　录

《绿叶集》自序 ……………………………………（1）

仙翁山之歌 …………………………………………（2）

题仙翁照 ……………………………………………（3）

答雾之谜 ……………………………………………（3）

红松赞 ………………………………………………（4）

仙翁山和月牙湖的传说 ……………………………（5）

春 ……………………………………………………（7）

家（影视微型小说）…………………………………（7）

读诸君端午诗有感 …………………………………（8）

答友人 ………………………………………………（8）

清平乐·答友人 ……………………………………（9）

和友人 ………………………………………………（9）

读冬泳地有感 ………………………………………（10）

祝贺 …………………………………………………（10）

春联 …………………………………………………（11）

游湖有感之一 ………………………………………（11）

游湖有感之二 ………………………………………（12）

游湖有感之三 ………………………………………（12）

感赋 …………………………………………………（13）

腊八赛再游冬泳地 ………………………………… (13)

忆江南 …………………………………………………… (14)

无题 ……………………………………………………… (14)

咏梅 ……………………………………………………… (15)

偶感 ……………………………………………………… (15)

兄妹拜年 ………………………………………………… (16)

答友人 …………………………………………………… (17)

赠王兄 …………………………………………………… (17)

冬泳地观感 ……………………………………………… (18)

感赋 ……………………………………………………… (18)

再游冬泳地 ……………………………………………… (19)

读史 ……………………………………………………… (20)

夜读 ……………………………………………………… (20)

赠施松巍 ………………………………………………… (21)

步韵 ……………………………………………………… (21)

获奖谢师歌 ……………………………………………… (22)

获奖有感 ………………………………………………… (23)

题王纪元黄昏照 ………………………………………… (23)

有感 ……………………………………………………… (24)

我爱韶山的松 …………………………………………… (25)

读錾书诗有感 …………………………………………… (26)

赏雪有感 ………………………………………………… (26)

悼念关三妹 ……………………………………………… (27)

七月初九生日感怀 ……………………………………… (27)

生日感怀 ………………………………………………… (28)

十六字四首　水 ………………………………………… (29)

重阳 ……………………………………………… （30）

中秋吟 …………………………………………… （30）

和友人　酒歌 …………………………………… （31）

致最贱不过感情（网友）………………………… （31）

答草原人（网友）………………………………… （32）

观联欢有感 ……………………………………… （32）

致才女李淑华之一 ……………………………… （33）

致才女李淑华之二 ……………………………… （33）

游湖山兼和刘会长诗作 ………………………… （34）

游湖山后夜不寐 ………………………………… （35）

忆江南 …………………………………………… （36）

五言古风度七夕 ………………………………… （37）

红松林之歌 ……………………………………… （38）

中国球迷之歌 …………………………………… （40）

新年偶书 ………………………………………… （41）

迎新一 …………………………………………… （41）

迎新二 …………………………………………… （42）

迎新三 …………………………………………… （42）

夸诗社（二人转）………………………………… （43）

省林二院病中吟之一 …………………………… （45）

省林二院病中吟之二 …………………………… （45）

省林二院病中吟之三 …………………………… （46）

慰问张晓丽 ……………………………………… （46）

省林二院病中吟之四 …………………………… （47）

省林二院病中吟之五 …………………………… （47）

感赋 ……………………………………………… （48）

省林二院病中吟之六 …………………………… （48）

感赋 …………………………………………… （49）

省林二院病中吟之七 …………………………… （49）

省林二院病中吟之八 …………………………… （50）

省林二院病中吟之九 …………………………… （50）

省林二院病中吟之十 …………………………… （51）

省林二院病中吟之十一 ………………………… （52）

考研 …………………………………………… （53）

回乡偶书 ……………………………………… （53）

忆江南 ………………………………………… （54）

告别考研场 …………………………………… （55）

无题 …………………………………………… （55）

答友人 ………………………………………… （56）

祝刘安民会长高升 …………………………… （56）

史诗 …………………………………………… （57）

题照 …………………………………………… （57）

忆江南 ………………………………………… （58）

年终读史 ……………………………………… （58）

寄望马年 ……………………………………… （59）

读冰凌花诗有感 ……………………………… （59）

感赋 …………………………………………… （60）

韶山 …………………………………………… （61）

卜算子·雪莲 ………………………………… （63）

无题 …………………………………………… （64）

浪淘沙·感怀 ………………………………… （65）

清平乐·绝叹 ………………………………… （66）

感悟 ·· （67）

忆江南·念旧 ································ （68）

感赋 ·· （69）

无题 ·· （69）

赠　老伴 ······································ （70）

偶感 ·· （70）

无题 ·· （71）

奔年 ·· （71）

无题 ·· （72）

感时 ·· （72）

感赋 ·· （73）

感赋 ·· （73）

悼孙占鳌校长 ······························ （74）

感赋 ·· （74）

过春节 ··· （75）

答友人 ··· （75）

评职称 ··· （76）

索契奥运随感 ······························ （77）

随感 ·· （78）

随感 ·· （79）

读史 ·· （80）

续双貂 ··· （80）

思文友 ··· （81）

双节吟 ··· （81）

双节吟 ··· （82）

赠老伴 ··· （82）

无题 ……………………………………………… （83）

感时 ……………………………………………… （83）

反思教育 ………………………………………… （84）

情人节感怀 ……………………………………… （84）

寄苏城诗萃东师诸生 …………………………… （85）

诗论 ……………………………………………… （86）

纪念长征八十周年 ……………………………… （87）

赞冰上启蒙教练 ………………………………… （87）

遥寄苏城诗友 …………………………………… （88）

自嘲 ……………………………………………… （88）

答友人 …………………………………………… （89）

感悟 ……………………………………………… （89）

静夜思 …………………………………………… （90）

无题 ……………………………………………… （90）

龙抬头上赏大丈夫 ……………………………… （91）

续貂 ……………………………………………… （91）

答友人 …………………………………………… （92）

答友人 …………………………………………… （92）

三八节答友人 …………………………………… （93）

三八节纪念克拉拉·蔡特金 …………………… （93）

再记长征八十周年 ……………………………… （94）

研誓答妻 ………………………………………… （94）

答友人 …………………………………………… （95）

题照 ……………………………………………… （95）

答友人 …………………………………………… （96）

答友人 …………………………………………… （96）

答友人 ……………………………… （97）

无题 ………………………………… （97）

答友人 ……………………………… （98）

感赋 ………………………………… （98）

答友人 ……………………………… （99）

续貂 ………………………………… （99）

冰上教练咏 ……………………… （100）

悼陈新民 ………………………… （100）

答女儿 …………………………… （101）

戏弄情人节 ……………………… （101）

戏弄情人节 ……………………… （102）

答友人 …………………………… （102）

马年叹 …………………………… （103）

答友人 …………………………… （103）

无题 ……………………………… （104）

听课 ……………………………… （104）

听课 ……………………………… （105）

无题 ……………………………… （105）

骑游太平所 ……………………… （106）

纪念 3·18 巴黎公社 …………… （106）

普法战争 ………………………… （107）

教训 ……………………………… （107）

悲剧 ……………………………… （108）

感赋 ……………………………… （108）

感赋 ……………………………… （109）

感赋 ……………………………… （109）

论写诗 ……………………………………… （110）

观吕贻良陈圆圆剧本有感 ……………… （110）

感赋 ………………………………………… （111）

感赋 ………………………………………… （111）

回顾"文革" ……………………………… （112）

感赋 ………………………………………… （112）

说享福过度是灾祸 ……………………… （113）

观胡大师摄影 …………………………… （113）

咱们都是地球人 ………………………… （114）

感赋 ………………………………………… （114）

红松散文征集感 ………………………… （115）

林城吟 …………………………………… （115）

春到 ……………………………………… （116）

感慨 ……………………………………… （116）

感赋 ……………………………………… （117）

贺寿 ……………………………………… （117）

诗论 ……………………………………… （118）

读张国新题词有感 ……………………… （118）

答友人 …………………………………… （119）

感悟 ……………………………………… （119）

感赋 ……………………………………… （120）

诗友唱和 ………………………………… （120）

诗友唱和 ………………………………… （121）

步韵体照 ………………………………… （121）

答诸生 …………………………………… （122）

愚人节 …………………………………… （122）

和友人晓丽老师 ……………………………………（123）

致友人王朝晖 ………………………………………（123）

感赋 …………………………………………………（124）

东施学步 ……………………………………………（124）

春征文 ………………………………………………（125）

东施学步 ……………………………………………（125）

春雪之一 ……………………………………………（126）

春雪之二 ……………………………………………（126）

春雪之三 ……………………………………………（127）

春雪之四 ……………………………………………（127）

春雪之五 ……………………………………………（128）

赠友人,今天是个好日子,好日子不可无诗 …………（129）

贺仙翁山诗社成立一周年 …………………………（130）

清明有感 ……………………………………………（130）

清明感赋 ……………………………………………（131）

清明雪题照 …………………………………………（131）

雾凇题照 ……………………………………………（132）

有感仙翁山英雄排座次 ……………………………（132）

答友人 ………………………………………………（133）

答友人 ………………………………………………（133）

答友人 ………………………………………………（134）

春 ……………………………………………………（134）

春 ……………………………………………………（135）

春雪仙翁山题照 ……………………………………（135）

春 ……………………………………………………（136）

迎友人 ………………………………………………（136）

有感小兴安岭 …………………………………………（137）

感赋 ………………………………………………………（137）

答友人 ……………………………………………………（138）

感赋 ………………………………………………………（138）

墓志铭 ……………………………………………………（139）

诗赋 ………………………………………………………（139）

和友人 ……………………………………………………（140）

戏赋 ………………………………………………………（141）

答友人 ……………………………………………………（142）

答听涛观雪 ………………………………………………（142）

坏电脑 ……………………………………………………（143）

潘主持礼赞 ………………………………………………（143）

仙翁雪后题照 ……………………………………………（144）

答友人 ……………………………………………………（144）

雪淞题照 …………………………………………………（145）

感悟 ………………………………………………………（145）

家乡吟 ……………………………………………………（146）

家乡吟 ……………………………………………………（146）

雪淞题照 …………………………………………………（147）

春花题照 …………………………………………………（147）

刘公岛怀古—兼复拂晓 …………………………………（148）

刘公岛怀古二兼复拂晓 …………………………………（148）

刘公岛怀古三兼复拂晓 …………………………………（149）

致拂晓 ……………………………………………………（149）

致宋淑琴 …………………………………………………（150）

雪淞题照 …………………………………………………（150）

悼雯之一 ……………………………………………… （151）

悼雯之二 ……………………………………………… （151）

悼雯之三 ……………………………………………… （152）

无题 …………………………………………………… （152）

春花题照 ……………………………………………… （153）

晨曦题照 ……………………………………………… （153）

樱花题照 ……………………………………………… （154）

育林二院再次行 ……………………………………… （154）

感赋 …………………………………………………… （155）

感赋 …………………………………………………… （155）

激光治疗有感 ………………………………………… （156）

感慨 …………………………………………………… （156）

答友人 ………………………………………………… （157）

答友人 ………………………………………………… （157）

无题 …………………………………………………… （158）

感悟 …………………………………………………… （158）

求你停了吧 …………………………………………… （159）

请你走吧 ……………………………………………… （159）

无题 …………………………………………………… （160）

感悟 …………………………………………………… （160）

答友人 ………………………………………………… （161）

感赋 …………………………………………………… （162）

观回文诗有感 ………………………………………… （163）

谷雨梨花约会题照 …………………………………… （163）

和友人 ………………………………………………… （164）

复活节感悟 …………………………………………… （164）

忆十年知青 ·· （165）

云海题照 ·· （165）

和友人之一 ·· （166）

和友人之二 ·· （166）

和友人之三 ·· （167）

日出题照之一 ·· （167）

日出题照之二 ·· （168）

张大师茂花题照 ·· （168）

市场观光 ·· （169）

感触 ·· （169）

感悟 ·· （170）

感悟 ·· （170）

《绿叶集》自序

（2014 年 4 月 24 日）

　　序：律诗成为少数人的专利品，奢侈品，自由诗远离生活和读者。自进口以来，也不是那么繁荣昌盛，作者希望将律诗和自由诗结合起来，找到一个平衡点，尝试一种新诗体，这种不绿不紫，即不律不自的新诗体是否可行。要经历生活实践的检验，要经受读者上帝的审判和认可。

仙翁山高树连片，诗社巨松名声传。
奇枝巨干难枚举，一只绿叶藏中间。
花甲学诗已属迟，意外获奖伯乐牵。
结集权做刚入门，活到明年赋新片。

仙翁山之歌

(2013 年 5 月 24 日)

遥望那壮丽的仙翁山，
想坏我当年的老抗联。
青松林内红星闪，
永翠河畔飞枪弹。
仙翁山，那儿仙翁山，
你曾看见，
铁岭绝崖歼敌寇，
中华儿女英雄汉。
登上这美丽的仙翁山，
乐坏我当年的老抗联。
峻岭巍峨迎客宾，
青松吐翠赛江南。
仙翁山，那儿仙翁山，
你又看见，
新世纪响起征程鼓，
一展宏图绘新篇。

题仙翁照

（2013 年 5 月 20 日）

晨色迷茫望仙翁，千年不移志无穷。
不尽广寒终沙粒，明朝月桂映太空。
吴刚斧劈梦开路，织女洒酒绿红松。
耿耿丹心跃赤日，后来人唱有大风。

答雾之谜

（2013 年 5 月 26 日）

处事要心诚，何必云雾中。
都是家乡人，相识又何屏。

绿叶集

红松赞

（2013 年 6 月 20 日）

蛰居深山几百年，笑撒翠绿满人间。
变身家俱祝新福，投身军旅敌胜寒。
汽笛声催千般化，海轮东出万人欢。
青山常驻永继业，伊春红松美名传。

仙翁山和月牙湖的传说

（2013 年 6 月 30 日）

这里原是一片平川，周围是一座座荒山。
木缘正义勇敢，木缘勤劳康健。
从此平川长起庄稼，荒山披上了绿颜。
辛苦劳动一天，回家看到做好的菜饭。
木缘端起大碗，一顿狼吞虎咽。
一连这样几天，木缘心生疑团。
到底谁在帮我，请你快来见面。
门外传来笑声，村姑迈进门槛。
她长得俊俏贤惠，自称名叫玉娟。
玉娟本是织女，被罚月宫广寒。
那里孤独寂寞，只能遥望人间。
玉娟貌美聪慧，木缘看似天仙。
木缘勤劳正义，玉娟愿结良缘。
田地逐年扩大，兴安处处炊烟。
东南奔流的河水，歌唱着生活美满。
劳动换来甘甜，幸福忘记时间。
谁也不会想到，飞来一场灾难。

绿叶集

烈日炎炎似火，一连多少天大旱。
庄稼干得枯萎，松树渴得腰弯。
木缘挑干河水，木缘磨断扁担。
玉娟焦急万分，心里默默盘算。
在那寂静的夜晚，玉娟出现在河边。
她举手指向天空，立时雷鸣电闪。
大雨连下几天，河流滚滚涨满。
木缘欢乐蹦跳，玉娟默默无言。
耕云播雨扰乱天庭，西王母大怒翻脸。
天神抓走玉娟，一把火烧尽广寒。
玉娟难舍木缘，抛下玉梳一半。
落向翠绿山川，化作月牙一弯。
木缘奔向山尖，呼唤娘子玉娟。
日夜遥望天空，凝做思念不断。
不知过了多少年，月牙湖变成公园。
情侣结伴相约，童叟扯衣手牵。
木缘化作了仙翁山，远近常来人游玩。
人们被天地情感动，写下诗文纪念。

春

（2013 年 5 月 24 日）

桃李争艳适时新，桌畔推敲论古今。
莫嫌岁月催人老，八十九岁第二春。

家（影视微型小说）

（2013 年 5 月 29 日）

春。皖。吉力对小云："我爸是叛徒。"二人哭着分手。南岔。吉力："嫁我吧！"小慧："我找爹呀？"体育馆乒乓球室。吉力满头大汉："我服了。"天水："刁丽丽，我同学。"吉力："刁丽丽，我同学。"市委办门外。吉力对天水："爸要平反啦。"吉力全家喝面汤。天水："这条件考北大？"冬。产房。吉力怀抱儿女，又哭又笑："我有家啦！"长春。吉力："政治，历史也…………"师大主任："天才，报到去。"特写：快递。北京大学。吉力："全家集合。"天水："孩子们都是博士后，你一个硕士有显摆啥？"电话铃响，吉力接听后："中央电视台采访，咋办？"

绿叶集

读诸君端午诗有感

（2013 年 6 月 11 日）

踏青归来品诗忙，各有千秋论短长。
楚王有金养鸡犬，秦伯无私选贤相。
商君改制为强国，吴起抱恨半途亡。
只身难挡统一潮，徒负爱国万古香。

答友人

（2013 年 6 月 13 日）

喜怒哀乐非由天，乘风破浪观玉珊。
生老病死谁招惹，得意失宠多连绵。
敬业不觉时光去，雪花礼拜傲梅寒。
千秋功罪人常度，执笔无语胜有言。

清平乐·答友人

（2013 年 5 月 21 日）

极目胸舒，
笑踏金光路。
不周英姿鏖战处，
尧禹再啖甘苦。
月驰日跃江山，斗转星旋胜故。
拂遍宏宇东风在，慷慨乐展宏图。

和友人

（2013 年 5 月 27 日）

人海茫茫日月沉，闲来无事看浮云。
眼见屏幕人影闪，问君你是哪一群。

读冬泳地有感

（2013 年 5 月 30 号）

山中有奇军，彤管一枝花。
评人张口易，最难识自家。
人好心更美，为事但求佳。
闲时休停笔，来日看芳华。

祝贺

（2013 年 7 月 15 日）

喜闻王兄欢乐事，捉笔草成急就章。
人生似游水，喜逢二度梅。
琴瑟和谐好，举案正齐眉。

春联

（2013 年 7 月）

上联：到南岔莫忘仙翁山。

下联：进诗社多活三十年。

横批：都是神仙

游湖有感之一

（2013 年 7 月）

车水马龙人如海，疑是仙境人间来。

何须黄粱逅幻梦，身处盛世黄金台。

周郎有志恨时短，庄生做梦怨胸怀。

俊男靓女风流去，明年荷花依旧开。

游湖有感之二

（2013 年 7 月）

东山日出朝霞来，湖西观荷齐喝彩。
戈壁泪洒汉女恨，大昭寺碑公主栽。
舟行万里传善意，对马海战显英才。
居安思危常读史，早闻惊雷响天外。

游湖有感之三

（2013 年 8 月）

七八月份热浪来，前脚柳荫湖边栽。
可怜书生多忘事，醉梦犹辨韵宽窄。
痛定思痛寻常有，鬼去须防复再来。
于无声处听惊雷，手持大刀赴慷慨。

感赋

(2013 年 7 月)

初度古稀气自昂，宗唐城宋意犹强。
丹心欲报春风暖，黄菊何忧秋风凉。
折桂蟾宫钦雅士，助吾心智赖衷肠。
欣凭陋室十方地，再者沧茫韵海航。

腊八赛再游冬泳地

(2014 年 1 月)

永翠河水润心甜，仙翁山风助延年。
常吃甘蜜岂知苦，醉梦幻中忘饥缠。
三九活水尝冰暖，身着貂裘怨天寒。
闲来无事多生病，千锤百炼成真丹。

忆江南

（2013 年）

发财好，
谁不盼红眼？
平水静潭好日子，
巨浪滔天五百万，
忘记不差钱。

无题

（2013 年 12 月）

山清水秀空气鲜，人杰地灵出群仙。
苏武卫海坚持节，凿空西域谢张骞。
东渡西游为救国，归心似箭破阻拦。
落叶归根念故土，思乡梦里笑也甜。

咏梅

（2013 年 12 月）

一花独放惊世昂，诗吟词唱志更强。
早传绿意报春暖，再笑寒冬几日凉。
八仙过海引壮士，瑞雪纷飞乐心肠。
笔耕千古书斋地，化做笙歌环球航。

偶感

（2013 年 12 月）

手无缚鸡力，弄笔生闲气。
人生多磨难，老来最孤寂。

兄妹拜年

（2014 年 1 月）

昨日见四妹，相对皆惊诧。
神衰腿吃力，皱纹眼角爬。
七七高考时，携手拼北大。
转眼过五旬，成败天地差。
兄老考研场，妹佩博士花。
雕虫弄小技，平仄创奇葩。

答友人

（2014 年 1 月）

成事难，难成事。
事难成，成难事。
难成事，事成难。

赠王兄

（2014 年 1 月 11 日）

投身雕刻几十年，白发满头艺精尖。
曾于军营英惊俊，笑回松乡绘兴安。
中华有幸留瑰宝，一代声名天下传。
莫道诗社池水浅，谁知虎踞又龙蟠。

冬泳地观感

（2014 年 1 月 15 日）

雪花飞舞西风推，滴水成冰喘气催。
空头赤臂光脊梁，足踏拖鞋入冰水。
十米长似三千里，一刻足够五年培。
一生攻读觉辛苦，英雄面前自觉颓。

感赋

（2014 年 1 月）

冲龄十六岁，大哥二十八。
一家三中举，张榜万人夸。
二甥皆留美，著作等身加。
头白发稀疏，隔日把针扎。

再游冬泳地

（2014 年 1 月）

忆昔少年时，豪迈气冲天。

效仿马拉松，冬泳学苏联。

破冰游冷水，岸边满围观。

天下为己任，功勋勇者担。

岁月太无情，一晃五十年。

出门车代步，二里行走难。

寒冬戏水花，壮观唯眼馋。

所幸头尚清，弄笔献影坛。

注：为写影视剧，与冬泳队生活一段时间。

读史

（2014 年 1 月）

刘项相争整四年，乡村无赖竟登天。
崇拜黄老求无为，对外和亲匈奴汗。
算赋口赋连年免，宫中上下粗衣衫。
学史多是作镜照，中华民族多书篇。

夜读

（2014 年 1 月）

四万里帆竞四海，八千仞岳志摩天。
童稚无情杀亚父，竖子成名靠三贤。
玄武门前露本色，陈桥黄袍换铁券。
丈夫生时当拼搏，何须闭目留愧颜。

赠施松巍

(2013 年)

自古英雄出少年，松巍才气不可攀。
他年若逢峥嵘日，勿忘远告老社员。

步韵

(2013 年 10 月)

一路拼搏慰平生，六十四载无峥嵘。
留得长征豪气在，不愁合唱乐其中。

获奖谢师歌

（2014 年 9 月 20 日）

虽然阴天没有繁星，
但是明月在我心中。
虽然我获得过多少毕业证书，
但是只有过这一棵红松。
不管我以后混得怎样，
不管我得到多大的光荣，
我将永远记住，
我听过你的课，
你是我的老师，
我是你的学生。
我不敢说自己是最优秀一个，
但我保证不是最后一名。
让我们记住歌德老人的话吧，
理论是枯燥的，
而生活之树常青。

获奖有感

（2013 年 9 月 2 日）

九月白露秋风凉，鸿雁传书闻墨香。
仙翁诗社开三花，一对绿叶愧难当。
非是有才走时运，实力明月借日光。
草书一篇贺同喜，送予诗友共品尝。

题王纪元黄昏照

（2013 年 9 月 3 日 21 时）

最美不过火烧云，夕阳已落尽黄昏。
得意春风成过去，徒留老骥万里心。

有感

（2013 年 12 月）

山外青山天外天，仙翁山下多神仙。
有幸诗社学弄笔，不枉南岔三十年。

我爱韶山的松

（2013 年 12 月）

我爱韶山的松，
韶山的松，
韶山的松林里走出毛泽东，
毛泽东开天辟地创大业，
创大业，
神州大地满天红，
满天红，韶山的松啊，
你是伟大的松，
您永远是那样长青翠绿，
您永远世代长在人民的心中。

读鎏书诗有感

（2013 年 11 月）

万马军中为小丫，纵横诗坛任叱咤。
疑是仙子人问过，群英会上献奇葩。
婕妤锐智露神笔，文姬多才赋胡茄。
黄鹤楼上羞叹息，一江风流皆大家。

赏雪有感

（2013 年 11 月）

月牙湖畔三十年，一事无成好心烦。
玉楼琼宇眼前过，失意科场惊文坛。
虽无功名成翰林，忽觉自己成神仙。
人生三百六十行，做啥都能当状元。

悼念关三妹

（2013 年 11 月）

未死已知万事空，但悲世人皆相同。
夏夜闪亮为萤火，划破天幕万彗星。
不求天长与地久，惟念拥有是曾经。
脱去世俗铜臭气，常念真爱属纯情。

七月初九生日感怀

（1960 年 9 月 1 日）

少年英雄志未酬，凌云气概贯斗牛。
升学考试显身手，不上中学誓不休。

生日感怀

（2013 年 9 月 1 日）

八八生日头白羞，少时豪情赴东流。
两捆文凭做垫底，十九考研博一筹。

十六字四首　水

（2013 年 7 月）

水，天宫狂喜倾盆雨，
　　中华梦，
　　人间绽春雷。
水，染绿山川神手绘，
　　望神州，
　　何处不滴翠。
水，生命之源育人类，
　　愿珍惜，
　　循环使用不浪费。
水，开源节流多储备，
　　莫污染，
　　值比黄金贵。

重阳

（2013 年 9 月 9 日）

人老惜时惧重阳，霜打叶红心里凉。
廉颇独坐空吃饭，稼轩桑园锄草忙。
桓温扶树泪如雨，白石功成在改行。
昆仲七人遍天下，登高远望唯彷徨。

中秋吟

（2013 年 9 月 19 日）

八月十五月无明，老天下雨不露晴。
羊公登顶悲失遇，诸葛祁山空用兵。
中秋词传苏子愿，辞世赋诗陆放翁。
为人得意几多时，开拓进取慰平生。

和友人　酒歌

（2013 年 9 月 9 日）

手持仙翁酒，狂喜会诗友。
各自展鹏程，他日再聚首。

致最贱不过感情（网友）

（2013 年 10 月）

坎坷寻常事，贵贱不在情。
留得赤诚在，他日会英雄。
只要你发现，幸福在身边。

答草原人（网友）

（2013 年 10 月）

久病成医十几年，冠心病生到老年。
血管堵塞心绞痛，支架搭桥最后完。

观联欢有感

（2013 年 12 月）

歌声穿云舞如潮，俊男靓女回来了。
人生朝气不可无，难怪青春逐年高。
曾听林间小曲唱，又见田中欢乐笑。
当年也是戏中手，老来精炼更轻巧。

致才女李淑华之一

(2013 年 7 月)

自古侠女多情义，指点学海苦舟驰。
天南海北铁鞋破，水滴无痕竟穿石。

致才女李淑华之二

(2013 年 7 月)

恨不相逢未有时，庸才拜见望不辞。
足探书山寒窑苦，风吹雨打树峰石。
云游天下读无字，治学不觉下问迟。
自古侠女多情义，指点迷津此生值。

游湖山兼和刘会长诗作

（2013 年 7 月）

君子百花有离泥，各有千秋自称奇。
人生坎坷千百事，时来运转自相宜。
卧龙跃马终黄土，闲忙贵贱不分离。
今日有意逢君笑，明朝无情思不移。

游湖山后夜不寐

（2013 年 7 月）

柳点水滴雨打萍，人面桃花相映红。
仙翁班里有文姬，诗社群中出杨雄。
卢沟桥畔留战迹，黄海波涛泛杀声。
和平岁月时太久，好钢千锤百炼成。

忆江南

（2013 年 12 月）

新年好，
风光在眼前。
爆竹声声除旧岁，
大铁锅里香味传，
能不忆当年。

五言古风度七夕

（2013 年 8 月）

十年前我曾写《月牙湖畔天地情》《仙翁望月》两文，书此诗以记之。

农家少闲月，书生时更忙。
晚餐停打字，湖亭好乘凉。
诗社传口信，明日交文章。
江郎才早尽，凑句沸脑浆。
一女趋前来，称师细打量。
谢君生花笔，读罢泪沾裳。
忽忆十年前，著文两明榜。
仙翁仍望月，月牙湖情长。
天宫方几日，千年过世上。
神界少恩义，昼夜思故乡。
原来琼楼妹，再次下天堂。
故地又重游，当年事难忘。
一阵清风起，飞去东南方。
吾去仙翁山，为我木缘郎。

红松林之歌

（2013 年 9 月）

老百姓想念你啊，
红松林，
你是咱中华民族魂。
坚强不屈挺身立，
浑身铁戟刺敌人。
汤旺河畔燃篝火，
林海雪原炼红心。
十四年风雪雷电，前赴后继。
十四年奋勇拼杀，血染征尘。
九一八事变，怒潮澎湃，枪林弹雨。
八一五光复，欢天喜地，歌舞穿云。
老百姓感谢你啊，红松林，
你是咱神州聚宝盆。
无私奉献敞胸怀，
天南海北笑捐身。
长城内外有顶梁柱，

遍地厂房听松音。
六十年足迹走向千山万水，
六十年建设洒满高尚精神。
金光大道有咱走过的路，
中国梦里有咱难忘的亲。
老百姓盼望你啊，
红松林，
一茬秀色展雄翼，
青山常在扎根深。
翡翠苗圃育新绿，
春风吹起人工林。
一年四季勤抚育，
水旺土肥深扎根。
新世纪大展宏图富民强国，
好时代巧施身手与时俱进。
汤旺河水源远流长东奔大道，
红松后代继往开来开拓创新。

中国球迷之歌

（2013 年 10 月）

昂起头，挥身手，
我们的生命是足球。
十三亿人，齐声吼，
冲出亚洲，走向世界，是足球。
足球，足球。
你为什么气？
你为什么羞？
五千年风雨承受起，
两万五长征也要走。
咬紧牙，汗水流。
泪洒尽，志必酬。
炎黄子孙齐声喊，
不夺足球誓不休。

新年偶书

（2013 年 12 月）

老者惧新迎，少壮爱过年。
开拓进取时，明日是春天。

迎新一

（2013 年 10 月）

歌舞美妙管弦催，北洋水师魂未去。
不能洒血捐天下，病老执笔泪雨飞。

迎新二

（2013 年 12 月）

元旦临近笑开颜，炎黄子孙迎新年。
轻歌曼舞无限好，东倭玩火闹鬼喧。

迎新三

（2013 年 12 月）

甲子未闻战鼓催，于无声处听惊雷。
把盏漫品茅台好，应记昼夜兵疲惫。

夸诗社（二人转）

（2013 年 12 月）

（唱）永翠河水向东南啊，
　　　河畔有座仙翁山哪，
　　　仙翁山风光好哇，
　　　仙翁山多神仙呐。

（白）越说越悬啦，哪来的神仙啊？
　　　你就听我说吧。

（唱）仙翁山诗社火呀，
　　　人杰地灵不简单啊，
　　　诗词文章写得妙啊，
　　　红松故乡美名传呀。

（白）都有啥样的人物呀？

（唱）老将黄忠，人老精明，执笔生风。
　　　文峰飘逸，壮年武松，字画称雄。
　　　冬泳雕刻，如通神灵。
　　　少年罗成，文思泉涌，美词佳句，立马可成。

（白）你们的诗社都是清一色的男子汉，少了半边天。
　　　你不说我都忘了，

绿叶集

诗社里仙子奇啊，
才貌相匹敌啊，
都有谁呀？
诗社里单张李啊，
南岔三才女呀，
细说一下吧，
听我慢慢道来。

说是那诗社里有一才女，诗词敏捷，名传天下。人俏聪
明，世属罕见。

有一天我乍着胆子在网上，就问了一句：

才女小妹啊，
你诗美人聪，
敢问多少芳龄？
人家咋回答你的，
我的孩子都要上大学啦。

（唱）一句大实话呀，
弄得我脸通红啊。
幸亏是在网上，
这眼镜也不中用呐。

（白）活该！谁知道你有啥鬼心思。

（唱）忙乱中快消去啊，
醋坛子看见要发疯啊。

（白）话没说完，
一通锣鼓响。

只听呐喊声，仙翁山迎新晚会要开始了，大姐，走，咱俩到
晚会上露一手去。唱一段二人转小帽，说一说咱仙翁山诗社。

省林二院病中吟之一

（2013 年 12 月 4 日）

一刻新鬼一刻仙，昼夜徘徊鬼门关。
鼻塞新氧成神气，针送血管回天丹。
白衣天使如仙女，僵卧病榻似入禅。
晨醒陋习背单词，可惜南岔卅四年。

省林二院病中吟之二

（2013 年 12 月 5 日）

西西尤室魂归来，成千上万飞天外。
彩球偏砸吕蒙正，司马相如围灶台。
传奇李广不封侯，三场魁元住农宅。
可怜织女满腔血，换得公瑾一蠢裁。

省林二院病中吟之三

（2013 年 12 月 6 日）

关关细语如娘哄，切切呼唤似父兄。
林海雪原驱牛马，广阔天地练松人。
十年浩劫拼生死，一朝金榜成飞龙。
六十六岁赴考场，死不瞑目气难平。

慰问张晓丽

（2013 年 12 月 7 日）

大路朝天似逍遥，山重水复路奇妙。
任凭诸葛有神算，人生难免不跌跤。

省林二院病中吟之四

(2013 年 12 月 8 日)

二六四室半向阳，寒风叟叟钻西窗。
北京护工养心病，梁山老兄是新郎。
仗义昆仲行侠气，半瞎老生备考忙。
人生高下总有路，成功三百六十行。

省林二院病中吟之五

(2013 年 12 月 11 日)

病友高唱回杯记，听哭白发傻书童。
七七高考报北大，当今总理应相逢。
半年上访得碗饭，三十四年补文凭。
人生在世争口气，可怜年老功难成。

感赋

（2013 年 12 月 10 日）

躬居深山昨天下，战鼓声催马向前。
匹夫身系家国事，倾巢之日无完卵。
甲子不闻燃战火，酒楼歌舞助猜拳。
万里海疆起风雷，飞弹声碎无管弦。

省林二院病中吟之六

（2013 年 12 月 12 日）

没黑没白团团转，年年月月忙不闲。
三险一金全没有，十年工资仅千元。
青春逝去未婚配，家中父母不开颜。
谁知三百六十行，行行皆有个中难。

感赋

（2013 年 12 月 13 日）

有啥别有病，没啥别没钱。
人生怕年老，生病讨人嫌。

省林二院病中吟之七

（2013 年 12 月 14 日）

五更起床三更眠，白发满头叹貂蝉。
学习考研又如何，阎王判官不招见。
忙碌劳作锐志消，少小年龄似悟禅。
卧龙跃马终入匣，悲哀欢乐一念间。

省林二院病中吟之八

（2013 年 12 月 15 日）

有啥别有病，没啥别没钱。
子女一大帮，查癌回家转。
呼痛震天地，晨送唐梨川。
在世怕年老，无能讨人嫌。
久病无孝子，人生万磨难。

省林二院病中吟之九

（2013 年 12 月 16 日）

告别生死床，高歌进考场。
终老伴学习，白发少年郎。
博雅来备愿，鹳雀观夕阳。
见贤易思齐，夜梦着鞭忙。

省林二院病中吟之十

（2013 年 12 月 17 日）

前世修炼五百年，恨不相逢未有缘。
一生期望全落空，尝遍人间苦与甜。
儿女双全曾笑慰，碌碌无为多空谈。
明辞病床何处去，六十六岁拼考研。

省林二院病中吟之十一

（2013 年 12 月 18 日）

冬至日最短，当年似昨天。
摸黑驱牛马，木棍斗严寒。
搭钩撑腰起，归楞如爬山。
最难是装车，悬空踏跳板。
头上冒蒸汽，蘑菇压双肩。
抽烟喘气时，习惯翻词典。
同伴皆哂笑，蛤蟆想登天。
不忘午休时，雪窝读文选。
苦学赢代课，一晃七七年。
留得豪气在，壮志赴考研。

考研

（2014 年 1 月 2 日）

永翠河水气象新，月牙湖畔景迷人。
林中仙气育俊才，山里灵芝养诗魂。
诗坛李杜争高下，词苑比肩惊苏辛。
人去千里故乡好，树高千尺不忘根。

回乡偶书

（2014 年 1 月 3 日）

地区大院邮局边，徘徊寻觅楼一片。
六六屈辱迁乡下，七七外语考登天。
昨日师范成佳大，今朝龙门跃如玩。
他日有孙会欣慰，爷辈拼研廿八年。

忆江南

(2013 年 1 月 6 日)

莫提研，
提研招人烦，
千拦万阻听不见，
抓个牛角往里钻，
实在讨人厌。
休说研，
说研让心寒，
退休之后没正事，
白发满头想登天，
该去殡仪馆。

告别考研场

(2014 年 1 月 7 日)

报名申请播音传，兄妹三人气如山。
北大清华敢闯路，哈工小四学航天。
青妹赴美争高下，长兄超龄总考研。
冷嘲热讽寻常事，活着总比死了难。

无题

(2013 年 8 月)

九伐中原笑姜维，外乡游子未曾归。
长征难免坎坷事，雨中芭蕉道是谁。

答友人

（2013 年 8 月）

登山天外天，方知人上人。
此生真有幸，林海一女神。

祝刘安民会长高升

（2013 年 9 月）

曾经林海绿天下，又登诗苑上笔端。
松驰千里甘奉献，林饰万家皆成欢。
仙翁山下育新兵，序曲高歌唱文坛。
人若有志不显老，再展雄风看明天。

史诗

(2013 年 9 月)

贞观惊服史学家，至今唐人全球夸。
均田减赋租庸调，行旅空手走天涯。
渔阳鼙鼓动天地，一代强邦竟崩塌。
骄奢淫逸成腐败，改朝换代似走马。

题照

(2013 年 8 月)

晨睡尚未醒，摄影翠群峰。
谁知人之福，竟出苦难中。

忆江南

（2013 年 12 月）

新年好，
提笔献一篇。
携诗雪莲漫天舞，
清香满人间，
谁不赞诗仙。

年终读史

（2013 年 12 月）

沧海波掀四百年，继光备倭东海边。
不屈为国安天下，北洋水师怒撞舰。
与邻相善是上计，屡败屡犯太讨厌。
奥马养虎求作伥，杀尽来贼勿放还。

寄望马年

（2013 年 12 月）

瑞雪纷飞兆丰前，三农最喜牛马年。
六出祁山天下计，九伐中原创空前。
不见古人子昂泣，抚树恒温空长叹。
六六大顺避病邪，严冬过后是春天。

读冰凌花诗有感

（2013 年 8 月）

冰凌花开现英侠，幸有妙手绘大家。
山中藏有金凤凰，他日必将唱天下。

感赋

（2014 年 2 月）

手撕凤凰翅，口饮甜糖蜜。
眼观水浒传，没空上微机。

韶山

（2013 年 11 月）

1966 年，那是一个秋天，
我有幸来到渴望已久的韶山。
一百里公路，尘土飞扬，
六百辆汽车，穿流往返。
茅草土屋，使我想起南湖篷船。
清水塘畔，使我看见万水千山。
夜宿韶山学校，让我承受第一次失眠。
晨登韶峰，让我看到朝霞映红蓝天。
啊，韶山啊，韶山。
你是多少人仰望的圣地。
啊，韶山啊，韶山，
你让多少人彻悟，
伟大出自于平凡。
湖南第一师范，
1966 年，那是一个春天，
我有幸来到湖南第一师范。
寂静的教室，曾活跃着一群恰同学少年。

绿叶集

岳麓山路曾铭刻着至理名言。

精神求文明，体魄求野蛮。

长廊明灯，曾经映照着苦读的身影。

红土井畔，曾用凉水浇灌。

湘江游泳，看激起浪花飞溅。

啊，湖南第一师范啊，湖南第一师范。

你激励着我渡过十年"文革"的艰难岁月。

啊，湖南第一师范啊，湖南第一师范。

你的辉煌，鼓舞我迈进北大校园。

井冈山，

1966 年，那是一个秋天，

我有幸来到井冈山。

五百里徒步，高歌猛进。

黄洋界上热烈拥抱，泪流满面。

走遍山野，我读懂了工农割据。

八角楼里，曾绘出了中国第一个红色政权。

五百里山区，挤满了来自世界各地的朝圣人群，

他们的心情激动澎湃，脸色庄严。

唱着英特纳雄奈尔的，是巴黎公社社员的后代。

高呼乌拉的达瓦里希，波罗的海的水兵，是他的先辈。

啊，井冈山啊，井冈山。

你是中国革命的红色摇篮。

啊，井冈山啊，井冈山。

你让我永远记住，实践脚踏地，

理想高于天。

卜算子·雪莲

（2014 年 1 月 21 日）

伊春一枝花，
来自天山里。
清香余韵满人间，
谁能堪与比。

花香人自来，
蜜甜住万里。
问尽春色七十载，
唯有暗称奇。

无题

（2014 年 2 月 20 日）

不会抽烟不喝酒，常饮白水有文友。
万马军中敢争雄，当场亮腕凭只手。

浪淘沙·感怀

（2014 年 1 月 22 日）

播音多意外，
齐望喇叭。
初试复考如打擂，
两千七百齐争花，
六十赢家。

东山再继起，
一路拼杀。
未名湖畔梦萦绕，
博雅数年二十八，
谁执泪花。

注：2018 年已经决定第十三次报考北大研究生，详见各大网站。

清平乐·绝叹

（2014 年 2 月 20 日）

心高命贱，
再次空长叹，
考研不把岁数限，
二零一四马年。

圈定一万进京，
严控硕士高龄，
笑掉下巴谁缚，
可惜没有来生。

感悟

（2014 年 1 月 24 日）

福在幼年，玩在童年，乐在少年。
爱在青年，活在壮年，病在老年。

忆江南·念旧

（2014 年 1 月 25 日）

春节近，
今日是小年。
兄妹七人团团坐，
爸妈忙碌露笑颜，
幸福是平安。

喇叭响，
大会名宽严。
三岁小妹哭娘亲，
父母都被牛棚关，
兄读哲学篇。

父母走，
昆仲星离散。
三十五年无成果，
六十六岁尚考研，
弟妹眼望穿。

感赋

（2014 年 1 月 26 日）

奢靡浮夸下狠查，从上到下一起抓。
永丰盛世本好事，歪风邪气自生芽。
不思进取贪享乐，艰苦奋斗成神话。
康乾豪气才几日，道光全国吸大烟。

无题

（2014 年 1 月 27 日）

久居寒冬思春暖，长食冰糖蜜不甜。
阿房宫焚欲重来，西湖景美遍会馆。
黄鹤楼起游人多，雷峰塔复成乐园。
醉卧松林行善举，仙翁舞罢四十万。

赠 老伴

(2014 年 1 月 28 日)

三十五载盼求全，挑上选下嫁考研。
儒冠误身是古训，诸葛命丧五丈原。
蒙正祸起杨家事，金棍后悔上贼船。
成败得失寻常里，竭尽余力是好汉。

偶感

(2014 年 1 月 23 日)

读罢唐诗三百遍，豪情满怀气冲天。
捉住家猫学画虎，游遍山水描田园。
书未读透根底差，生活短暂阅历浅。
谈诗容易作诗苦，事业辉煌出名篇。

无题

（2014 年 1 月 29 日）

家乡有奇峰，隐没群山中。
寻常看不见，偶尔露巍雄。
野径迷新路，凭栏瞻青松。
金刚百炼身，迟早见真容。

奔年

（2014 年 1 月 30 日）

离家当日便思乡，新春逼近回归忙。
心系千绪盼面叙，身缠万贯表衷肠。
只道山河几重阻，谁念车轮响铿锵。
盘中鱼肉拌热酒，妻想夫君儿想娘。

无题

（2014 年 1 月 31 日）

下责命运上怪天，胸中伏魔怨貂蝉。
校场走马显身手，英雄三箭定天山。
金榜题名会文友，御殿策问吐非凡。
夜半梦醒正酣睡，秃笔成神自胡言。

感时

（2014 年 2 月 1 日）

人到老时想少年，英雄末路忆从前。
沉舟逐鹿成西楚，功成大漠筑祁连。
甲午风雷犹响耳，南海礁横撞来舰。
闭目含羞应笑慰，壮士豪杰世代传。

感赋

(2014 年 2 月 2 日)

猜拳行令醉中仙，夜伴灯笼对愁眠。
不经饥渴难知苦，风烟远去六十年。
西风不甘中国梦，东洋虾蟹要翻天。
劝君当尽杯中酒，再会应是糖梨川。

感赋

(2014 年 2 月 3 日)

三十五年为考研，屈舍北大心不甘。
相如计穷卖炊饼，买臣走读把柴担。
寒窑蒙正彩楼配，中举庄生梦中欢。
屡教不改无愧意，来生再续学习缘。

悼孙占鳌校长

（2014 年 2 月 4 日）

泪洒博雅未名畔，一纸恩遇松江边。
埋头复习重起步，低诵外语奔考研。
长足扶助长征路，良师指点识机缘。
卅五忙碌早觉迟，夜半羞愧自难眠。

感赋

（2014 年 2 月 5 日）

未名湖畔辞博雅，不返北大不回家。
仙翁山旁再起步，东北师大摘奇葩。
二十八年考研路，笑痛智叟掉下巴。
故乡父母应欣慰，六十六岁争红花。

过春节

(2014 年 2 月 6 日)

三春不如一秋忙，一春正把三秋望。
秉烛夜读千秋史，升殿纸笔做文章。
捧杯笑饮琼林宴，谁知征程尽虎狼。
忘却岁月无情剑，心比天大活命长。

答友人

(2014 年 2 月 7 日)

闲来闭门家中禅，不速友朋来不断。
酒香不怕巷子深，人气胜却严冬寒。
歌舞笑谈皆鸿儒，举手投足尽大腕。
谁知盆中盛开卉，繁茂只因早年缘。

评职称

（2014 年 2 月 8 日）

人走时气似成仙，中高评审过平川。
四人意外轻松得，馋得我等直流涎。
客满酒楼成冷场，景区会馆改茶园。
八项规定太伟大，不除腐败咋肃贪。

索契奥运随感

（2014 年 2 月 9 日）

崖是我来逮是你，沙码辽特是飞机。

六十年代第一秋，卢斯克依打根基。

五十四载难割舍，荣誉屈辱不分离。

四人赴佳吃列巴，六十六岁考俄语。

随感

（2014 年 2 月 10 日）

冬日心系乌克兰，基辅罗斯是家园。
伊凡三世称沙皇，彼得大帝立海边。
拿破仑败怪焚城，希特勒输怨天寒。
昨日解体应记取，北方支柱一擎天。

随感

（2014 年 2 月 11 日）

基辅平原是摇篮，留利罗曼紧相连。
波罗的海舰旗暖，莫斯科焚法军寒。
苏俄峥嵘上千岁，赫氏皮鞋敲讲坛。
三十三个基利尔，不离不弃伴残年。

读史

(2014 年 2 月 12 日)

英法美俄德奥比，日荷西葡意大利。
南京马关加辛丑，割地赔款特权欺。
百年屈辱难尽书，波茨坦约留宿疾。
民族仇恨终是患，国强民富是第一。

续双貂

(2014 年 2 月 12 日)

何日荆扉月再圆，乘船火星过广寒。
劝君更尽三碗酒，归程相会须六年。

思文友

（2014 年 2 月 13 日）

十五月亮十四船，壮士难辞老病残。
昨日十八游全国，今朝八十行路难。
东瀛有仙骗徐福，彭祖其实怕过年。
群英会上不胜酒，醉梦依稀敬众仙。

双节吟

（2014 年 2 月 14 日）

元宵喜遇有情人，帅哥靓妹乐发昏。
有意栽花花不发，无意插柳柳成荫。
黄金戒指紧箍咒，一枝玫瑰定终身。
可怜落单孤独雁。高歌低吟觅知音。

双节吟

（2014 年 2 月 15 日）

两个十四成双发，灯红酒绿乐无涯。
千里迢迢杯里酒，万种脉脉手中花。
海誓山盟似多举，相拥无言泪如下。
几亿回乡过双节，银河教授发奇葩。

赠老伴

（2014 年 2 月 16 日）

十五月亮十六圆，情人眼里出貂蝉。
可怜玉兔才甦醒，嫦娥双节去人间。
都说天宫无限好，凭啥七仙要下凡。
老来蹒跚相挽步，缘起前生五百年。

无题

（2014 年 2 月 17 日）

情人节里一束花，自拿主意早成家。
相敬如宾白头老，一生心血没白搭。

感时

（2014 年 2 月 18 日）

元宵节里吃元宵，太平无事心气高。
山姆大叔转西太，东洋王八又磨刀。
昨日犯罪腹有鬼，中国威胁喊今朝。
树欲静时风不止，民族仇恨最难消。

反思教育

（2014 年 2 月 19 日）

弄笔考试要杂家，眉毛胡子一把抓。
文史政治三学士，俄英双语功夫搭。
用进废退是铁律，全民疯狂说猜那。
可怜纳税满腔血，贪大求洋质量差。

情人节感怀

（2014 年 2 月 20 日）

三十三载一孤身，情人节里无情人。
新衣无钱难购买，旧被祖母赠长孙。
有家难回蒙羞色，恩遇贬谪面涂尘。
卅五经年失正果，六十六岁拾骈文。

寄苏城诗萃东师诸生

（2014 年 2 月 21 日）

春城相逢二十年，各持侠技独行船。
不语默默得诺奖，多笔频频落讨嫌。
红花有意赏范进，黄榜无名伴孙山。
可怜时光无情心，忍将岁横铁门闩。

诗论

（2014 年 2 月 22 日）

回到唐宋去，格律复源首。
心想百事成，长江水倒流。
新韵四不像，李苏拒接收。
时过境乃迁，声调差千秋。
袁贼复辟成，蔡锷气昏头。
改革百事举，诗词自何求。
古为今用高，推陈出新谋。
与时俱进好，开拓创新走。
继承非返古，扬弃是正筹。
削足为适履，减负骂孔丘。
诗坛正清冷，原因要推究。
莫怪局外人，张目自省羞。
不走阳光路，偏往胡同溜。
实践验真理，守旧非高手。
写作如用后，贵在创新秀。
顺口抒情志，信步从容游。
赋诗缚手脚，诚如画地囚。
今音拼古诗，徒把笑柄留。

注：今音写律诗，纯粹是胡痴。信手造甲骨，谁人能不知。

纪念长征八十周年

(2014 年 2 月 23 日)

洋腔洋调放洋屁，土生土气土音亲。
因地制宜为妙算，生搬硬套头发昏。
十六字诀成大业，四渡赤水定乾坤。
闭门造车死画瓢，可怜西洋白镀金。

赞冰上启蒙教练

(2014 年 2 月 24 日)

义勇歌曲威风传，黑海索契泪涌泉。
几代儿女争荣光，月牙湖畔是故园。
欲书速滑时长久，奈何无缘苗教练。
汗洒冰场心中喜，园丁奖颁梦里甜。

遥寄苏城诗友

（2014 年 2 月 25 日）

汤旺水连松花江，黑土地上是故乡。
肃镇艰辛拓荒地，鞑靼神勇守边疆。
留得完颜豪气在，黑海索契争荣光。
苏城路远真情在，诗传贝叶读华章。

自嘲

（2014 年 2 月 26 日）

雨水过后低温沉，略减衣衫冻发昏。
士在旦夕来祸福，天存不测变风云。
常备无患勤思考，未雨绸缪料如神。
有钱难买老来瘦，坎坷阅历是富绅。

答友人

（2014 年 2 月 27 日）

位卑声微出怪音，敢弄斧斤在班门。
书山有路勤为径，几多登顶成巨人。
学海无涯苦坐船，随浪百千改初心。
沉舟侧畔千帆过，病树前头万木春。

感悟

（2014 年 2 月 28 日）

嵩山古寺松柏森，英名盖世传古今。
夏练酷暑流热汗，冬习三九换骨筋。
武德高下断成败，功夫深浅定技纯。
打过前门算出师，此生无愧少林人。·

静夜思

(2014 年 3 月 1 日)

万籁俱寂夜更深，长宵未眠头发沉。
多少伙伴分歧路，无数同僚醉呻吟。
歌舞升平非好事，灯红酒绿毁雄心。
问君天才哪里有，千锤百炼泣鬼神。

无题

(2014 年 3 月 2 日)

百无聊赖最难消，无事生非起坏招。
早知赋闲不好受，方识美容把路扫。
人生本就遭罪命，老来有空把病找。
少年莫将叟妪怨，久恋沙场慰心焦。

龙抬头上赏大丈夫

（2014 年 3 月 3 日）

二月二来龙抬头，理发室外人如流。
生活幸福皆欢乐，追赶喜庆求长寿。
山清水秀空气好，没有雾霾添烦忧。
惜发护短非良策，愿充和尚断风流。

续貂

（2014 年 3 月 4 日）

舞墨未成入佛林，主持不信净凡心。
前日考研榜已发，我为拒取落第人。
可怜用功宗教史，宁愿追随雄狮魂。
仙翁诸公莫讥笑，天路应需扫灰尘。

答友人

(2014 年 3 月 5 日)

一时欢笑一时啸，网上确实真热闹。
酒足饭饱闲无事，顺手点键寻同曹。
人面桃花生迷眼，甜言蜜语魂魄消。
应谅塾师频发怒，圆明园焚不知道。

答友人

(2014 年 3 月 6 日)

弃文教史三十年，为补文凭为考研。
朱菊校长是同学，佳师齐院念诗篇。
四读中文求正果，三推汉语非虚言。
休笑夕阳已渐老，余晖仍恋仙翁山。

三八节答友人

（2014 年 3 月 7 日）

山外青山天外天，仙翁山美多神仙。
卧虎藏龙英雄汇，走笔风云变大千。
李杜惊诧丢奇韵，苏辛有愧擦汗颜。
上天慧眼赏恩遇，不枉南岔卅五年。

三八节纪念克拉拉·蔡特金

（2014 年 3 月 8 日）

浪迹天涯披烟硝，献身国际功勋高。
三八节日千秋史，万代业绩红旗飘。

再记长征八十周年

（2014 年 3 月 9 日）

五次围剿失指南，被迫转移血战残。
通道转兵迈新步，草地雾起人心寒。
千难万险中国梦，不忘长征历程坚。
强渡山水出妙计，遵义春风拂笑颜。

研誓答妻

（2014 年 3 月 10 日）

三十一岁卅二元，五根麻花心浪翻。
避灾天涯无亲故，躲着海角有人怜。
万难不惧从头起，一晃儿女而立年。
精疲力竭最后搏，以后不许再考研。

答友人

（2014 年 3 月 11 日）

初级阶段算抛砖，美玉肯定要出现。
前行最大为先锋，元帅当然在后面。
水浒一百单八将，有个吴用在里边。
多谢鲜花惜绿叶，万紫千红是春天。

题照

（2014 年 3 月 12 日）

一顶竹笠头遮天，树茂根深仙翁山。
闭月羞花才女笑，播撒春风满人间。

答友人

（2013 年 3 月 13 日）

故乡师范在佳城，齐院风光有鹤鸣。
省会江畔念政史，长春景美不虚情。

注：文史政治三学士，经济哲学七考研。
中秋明月照千古，一叶孤舟正扬帆。——答东师诸生。

答友人

（2014 年 3 月 14 日）

人生苦短磨难多，屡败屡战意咋说。
苏秦悬梁行逆路，勾践尝胆斩文伯。
岳飞识短遭杀身，宗泽临终呼过河。
卅年考研无憾事，朝露幸未日空别。

答友人

（2014 年 3 月 15 日）

受伤容易养伤难，病愈勿忘卧床艰。
常胜大意丢荆州，街亭失守别祁山。
马航沧海无踪迹，小河沟里翻大船。
春风送暖惹人喜，脚下冰水交替还。

无题

（2014 年 3 月 16 日）

下里巴人笑翻天，阳春白雪走高端。
画瓢也曾非易事，入塾学诗将满年。
人老已显见识短，历劫方知晚冬寒。
地狱小鬼频议论，凡间早已换新颜。

答友人

(2014 年 3 月 17 日)

早岁哪知世道艰，朝剑夕咏笑登攀。

几多元老随风倒，万千小民伴熬煎。

十年浩劫催人老，正当午时过半天。

垂死挣扎实可悲，少年不解投白眼。

感赋

(2014 年 3 月 18 日)

秒针响滴答，生命在蒸发。

化作热和电，后人得光华。

答友人

（2014 年 3 月 19 日）

吃喝穿戴自寻禅，教书吃饭四代传。
曾祖展振为耕土，棍打奎有进师范。
父辈长兄皆读书，我等七人上学难。
家家押宝送学堂，几多举人中状元。

续貂

（2014 年 3 月 20 日）

志同道合论古今，铁鞋踏破觅知音。
满目青山空念远，何如怜取眼前人。
太白挟技满天走，苦煞许氏蓬蒿心。
相敬相爱求长久，敢歌霸王未亡魂。

冰上教练咏

（2014 年 3 月 21 日）

索契佳讯传中华，北国林城热浪翻。
几多冰封寒侵骨，万千汗滴水浇园。
笑看弟子勇争光，哭听国歌泪涌泉。
树高仍恋春日晖，月牙湖畔梦里甜。

悼陈新民

（2014 年 3 月 22 日）

光荣入伍戴红花，铁路机务未成家。
省林二院偶相逢，天山不谢雪莲花。

答女儿

(2014 年 3 月 23 日)

考完等待最难熬，曲指盘算盼分晓。
心觉大意已失算，结果竟是红旗飘。
自认胜出名次好，谁料孙山把手招。
考场无常多运气，喜怒哀乐难预招。

戏弄情人节

(2014 年 3 月 24 日)

小妹当年正十八，梦寐以求玫瑰花。
白马王子本恨少，恨不相逢怨气发。

戏弄情人节

（2014 年 3 月 25 日）

情人节里缘已消，牡丹卡内变入超。
若是郎君走时运，八月十五再相交。

答友人

（2014 年 3 月 26 日）

二十九岁高考拦，六十六岁笑报研。
人人都有难念经，"文革"浩劫整十年。
你去你的粤东莞，我奔我的未名园。
童稚未尝愁滋味。孤陋寡闻巴掌天。

马年叹

（2014 年 3 月 27 日）

一儿一女一枝花，三十而立未成家。
养老院里寄身客，二弟六十正属马。
十年大难留遗患，日啖苦药一大把。
非是人懒不努力，梦中曾闻伯乐夸。

答友人

（2014 年 3 月 28 日）

屈辱避难八千里，寂寞孤雁一只空。
含恨重走长征路，天赋相识有君从。

无题

(2014 年 3 月 29 日)

告别松花江，高歌回汤旺。
学生掩口笑，诗友骂癫狂。
不识个中味，谁解苦涩肠。
六十六岁时，告别考研场。

听课

(2014 年 3 月 30 日)

曾经游学遍天下，又听新课上笔端。
儒道不绝传万代，白发叟妪再耕田。
眼花头昏恨时短，胸中不甘一寸丹。
人生有志贵常在，老年不学非好汉。

听课

(2014 年 3 月 31 日)

汉语广博似海渊，能取几瓢做新篇。
学多方知见识短，不做衰晓行事难。
邯郸学步非律诗，勿以平仄相责怨。
此曲只应天上有，国中音韵几人研。

无题

(2013 年 8 月 18 日)

早临文台欲乘风，学至年老白头翁。
汉武祭天缺司马，未食周粟饿抱松。
相如无缘琼林宴，蒙正愧闻饭后钟。
是否美意曾预告，向隅孤独泪如倾。

骑游太平所

（2013 年 9 月 15 日）

八月秋风绕谷行，我乘金鹿游太平。
卧龙岗上藏猛士，桃花源里炼心诚。
长寿巴马饮圣水，绝顶昆仑啖神樱。
何须南粤寻宝地，北国风光育鹍鹏。

纪念 3·18 巴黎公社

（2013 年 4 月 1 日）

普法战争炮火喧，巴黎公社英名传。
工人阶级掌大印，生产生活秩序严。
卫国夺权勇尝试，国际壮歌响彻天。
利沙加勒应讪笑，一片雄心空留丹。

普法战争

（2014 年 4 月 2 日）

查理大帝多英豪，留下子孙却不肖。
弟兄三人分天下，播种祸患战火着。
三世皇帝拿破仑，色当战役白旗飘。
法兰西人奋勇起，巴黎公社架宏桥。

教训

（2014 年 4 月 3 日）

布郎基惜做新囚，巴黎群雄无巨头。
绝对民主误大事，两派对峙时机流。
趁热打铁忙开会，银行巨款竟放手。
沉痛教训应记取，一曲悲歌传万秋。

悲剧

(2014 年 4 月 4 日)

人生在世随巨流，英雄无奈空摇头。
凡尔赛笑梯也尔，东布罗夫独自愁。
两派争执费时日，国际思想二人留。
一场悲剧几多叹，宝贵经验换血仇。

感赋

(2014 年 4 月 5 日)

"文革"浩劫空无前，巴黎公社整百年。
勤奋学习争从教，课余自修共运研。
身居铁山怀天下，胸藏豪气待时间。
七七高考奋勇起，精英齐赴未名园。

感赋

（2014 年 4 月 6 日）

雪消冰化松柏森，暖风拂面又一春。
播下丰收三农笑，脱去厚袍人精神。
人生有限恨时短，书童早吟在清晨。
老朽不才犹奋力，开卷半刻头发昏。

感赋

（2014 年 9 月 7 日）

谋生立命即是家，卅五经年留南岔。
昨日单身刚而立，今朝蹒跚老掉牙。
园丁退休学子认，老生黄昏学描花。
江山代有人才出，峥嵘岁月常自夸。

论写诗

（2014 年 4 月 8 日）

都说执笔诗言志，为啥挥毫为抒情。
生扭香瓜偏不甜，水到渠成天然生。
有才未必成词人，还须生活炼心诚。
方今诗坛正冷落，万众聚首观银屏。

观吕贻良陈圆圆剧本有感

（2014 年 4 月 9 日）

身陷娼门欲何求，笑迎礼送掩苦愁。
李闯入京追金银，山海关冷空城头。
一怒开门引铁骑，无奈青灯伴残秋。
民族大业忘记取，个人恩怨置前头。

感赋

(2014 年 4 月 10 日)

兴高采烈歌声欢，公社选举乐翻天。
梯也尔辈耍阴谋，阴阳两手假和谈。
凡尔赛内招残兵，巴黎城里误时间。
千载难逢好机会，残酷斗争少经验。

感赋

(2014 年 4 月 11 日)

巴黎公民太潇洒，平安选举乐无涯。
忍看投敌苟延喘，符卢勃夫恨咬牙。
一失足成千古恨，无知幼稚太可怕。
远见卓识为领袖，英明决断不可差。

回顾"文革"

（2014 年 4 月 12 日）

人在老年爱回头，英雄无奈随波流。
几代老将被打倒，万千小子自封侯。
史无前例谁堪负，否定一切后人羞。
理论偏差误国事，痛定思痛教训留。

感赋

（2014 年 4 月 13 日）

公社委员无特权，各尽职守献红丹。
不负公民愿众望，英勇奋战披硝烟。
炮火连天捐身躯，雄辩法庭敌胆寒。
社员墙上闪光辉，何日有缘去观瞻。

说享福过度是灾祸

（2014 年 4 月 14 日）

逛完西湖逛黄山，大连海边老虎滩。
人逢盛世多幸运，前辈流血打江山。
群犬狂吠瞪红眼，山姆大叔心不甘。
前人种树后乘凉，还须奋斗做贡献。

观胡大师摄影

（2014 年 4 月 15 日）

南岔虚度卅五年，未觉身居仙翁山。
山好水好空气好，沐浴鲜风多延年。
环抱绿色增长寿，喜伴多才乐无边。
不识青山真面目，摄影疑是天宫玄。

咱们都是地球人

（2014 年 4 月 16 日）

科学发达万事新，八方同居地球村。
阳光空气饮用水，休戚相关一家人。
和谐相伴共皆好，自找磨难战争寻。
山姆后代好多事，无缘生非乱乾坤。

感赋

（2014 年 4 月 17 日）

通商不利鸦片押，八国联军任抄家。
昨日租借逞威风，割地赔款随便拿。
洋人遍地持刀行，杀人越货如割麻。
今朝装人招开会，资本天生是王八。

红松散文征集感

（2014 年 4 月 18 日）

锯伐斧砍八十年，红松故乡半凋残。
人工林起复新绿，天保工程换新颜。
铁岭绝崖迎远客，天然氧吧醉旅翩。
寄情山水助长寿，林海雪原红歌传。

林城吟

（2014 年 4 月 19 日）

身居林城春露苗，谁不说咱家乡好。
石泉集流山中水，天然氧吧世难找。
绿海清波唤游客，梧桐树引凤来朝。
休寻海角养生地，天保工程祝寿高。

春到

（2014 年 4 月 20 日）

风吹白雪尽，春意染苍山。
旧草泛新绿，拂面不觉寒。
弃帽满街游，厚袍换衣单。
诗在弥暖意，佳句飞笑颜。

感慨

（2014 年 4 月 21 日）

斧锯松柏光，青山暗自伤。
一夜春风来，林涛泛绿浪。

感赋

（2014 年 4 月 22 日）

车轮响铿锵，全国闻松香。
家具助新喜，装饰美厂房。
资源消耗尽，森工转产忙。
应念伐木人，不愿离故乡。

贺寿

（2014 年 4 月 23 日）

九十周岁笔生花，仙翁诗社第一家。
廉颇固守比耐力，陆游垂暮抚剑匣。
纪昀奇人出怪书，白石改行画活虾。
八十小弟休叹老，七十后生应奋发。

诗论

（2014 年 4 月 24 日）

千年格律不变经，不合现实日枯荣。
与时俱进谋发展，开拓创新邓小平。
古为今用特色路，五四女神是明灯。
物竟天择自然律，适者生存为准绳。

读张国新题词有感

（2014 年 4 月 25 日）

五五叔送校园行，六六大学不招生。
七七风雪峥嵘日，三十考研不了情。
博雅塔下会博雅，未名湖畔叹未名。
千山万水终须过，人活一世似长征。

答友人

（2014 年 4 月 27 日）

学在深山自成侯，文采灿然喜来收。
已知山外早有山，今晓楼外还有楼。
书翻百次现新意，研考卅年空自羞。
通往罗马千条路，来生还须老路走。

感悟

（2014 年 4 月 28 日）

万物有始必有终，逐日送别迎新生。
湘江血战人草伏，大渡天险铁索红。
雪山气薄留客坐，草地风吹飘歌声。
兰亭诸会应笑慰，仙翁诗传后辈中。

感赋

（2014 年 4 月 29 日）

永翠河畔冬泳欢，诗社名唤仙翁山。
三九严寒搏浪花，金玑玉珠飞兴安。
红松故乡传佳话，文武双花并蒂莲。
云峰有幸谱神韵，一曲高歌唱云天。

诗友唱和

（2014 年 4 月 30 号）

仙翁山中育美枣，月牙湖畔出佳篇。
精激文坛掀巨浪，意惊词苑泛红颜。
大江志承黄鹤楼，长天愿寄雪覆原。
红松林中一棵草，笑迎春风绿海间。

诗友唱和

（2014 年 5 月 1 日）

绿水青山绕湖间，文武双出美名传。
乒坛高歌义勇曲，冰舞惊呆疑似仙。
遍洒松香中华地，笑迎林海游客欢。
万千蜜蜂酿甘乳，几代英雄绘新篇。

步韵体照

（2014 年 5 月 2 日）

夜半万众睡梦中，幸有铁汉驱车行。
一年三百六十日，身引客货似长龙。
财富不是无里有，原为工农血汗生。
应念新民好年华，化作天山雪莲情。

答诸生

（2014 年 5 月 3 日）

卅年考研换白头，生呼老师枉自羞。
四十三载身在校，弟子三千万里游。
雄居学府称教授，位至高官声名留。
几多心血谁知晓，化作波涛付东流。

愚人节

（2014 年 5 月 4 日）

四月一日传愚人，各显花招抖精神。
飞机匣子能取回，马航无影谎言陈。
无钱开门打肿脸，国债还尽库无存。
自以为高弄机巧，搞笑对方误自身。

和友人晓丽老师

（2014 年 5 月 5 日）

真意本是天然生，西子湖畔伞寄情。
五百年前赎命难，宁折道行遂愿行。
雷锋塔倒虽复起，向南靓女痴心恒。
有缘千里来相会，无福对面不认承。

致友人王朝晖

（2014 年 5 月 6 日）

人在铁路廿五年，身沐春晖一万天。
人过三旬结连理，儿女双全承膝欢。
两捆证书救失意，天南海北历游遍。
退休无事献余热，六十六岁考北研。

绿叶集

感赋

（2014 年 5 月 7 日）

乐居南岔卅五年，避灾躲难保身全。
远离"文革"遗留恨，眼不见愁心不烦。
卓氏贤女信相如，昔日牛郎儿女全。
披荆已进六六坎，斩棘残年拼七三。

东施学步

（2014 年 5 月 8 日）

嫦娥巧扮梳妆台，粉衣不用剪刀裁。
吴刚捧浆洒新蕊，八仙奉旨清污埃。

春征文

（2014 年 5 月 8 日）

春在悬崖梅报音，雪飞天涯三农欣。
立春暖风喜拂面，寒冬凋残换乾坤。
草绿春意丰年早，播下希望气象新。
人生逢春变年少，妪叟踏青抖精神。

东施学步

（2014 年 5 月 9 日）

嫦娥巧扮梳妆台，天衣不用剪刀裁。
吴刚捧浆洒新蕊，群仙承制清污埃。
明镜高悬八条挂，细查暗访扫阴霾。
开拓创新谱神韵，环球高歌笑颜开。

春雪之一

(2014 年 5 月 10 日)

清明时节雪漫天，遍数花开美如棉。
顽童不惧滚粘身，叟妪惊喜相指看。
远山重报换银装，郊野遍敷绒毛毡。
三农笑寄天地情，都说瑞象兆丰年。

春雪之二

(2014 年 5 月 11 日)

清明时节开雪花，遍树枝条弯如虾。
休去丰满抢拍淞，南岔故乡摄奇葩。
长枪短炮手中笔，林乡到处有大家。
莫忘点键寄遥情，龙江景美谁不夸。

春雪之三

（2014 年 5 月 12 日）

清明时节雪纷纷，天宫移景迷路人。
昨夜嫦娥来引路，天女散花披树裙。
叟妪恨拙手中笔，少壮景摄乐发昏。
但求阎罗多慈悲，人活百年不丢魂。

春雪之四

（2014 年 5 月 13 日）

清明雪舞天公知，美景美女唤美诗。
苏园松湖比阳朔，五岳迷魂人似痴。
昭君貂蝉赵飞燕，吴越争雄怨西施。
月牙水酊对佳句，仙翁山酿出宏词。

春雪之五

（2014 年 5 月 13 日）

酷暑严寒心血搭，春雪成就摄影家。
吉林雾凇成昆弟，冰城冬景姊妹花。
仙翁山高白绒裹，月牙湖美传天下。
诸公若有收徒意，宁舍拙笔相机架。

赠友人，今天是个好日子，
好日子不可无诗

(2014 年 5 月 14 日)

蛰伏南岙卅五年，博雅未名度命残。
朝剑夕咏人叹老，痛失研考望天山。
退兵三舍奔远志，忍辱胯下为申冤。
庙大仙多赏雅座，才女诗赋惊云天。

贺仙翁山诗社成立一周年

（2014 年 5 月 15 日）

汤旺永翠汇流欢，诗社兴起仙翁山。
林乡育成灵芝草，绿岭飘香参花仙。
月牙湖畔赋美诗，红松树下作词甜。
物华天宝风水好，人杰地灵美名传。

清明有感

（2014 年 5 月 16 日）

三月清明寒风沉，路上泪洒似丢魂。
生时辛苦一双手，死去为留梦中人。
在世无缘添烦忧，长别方晓有伤痕。
高调少唱多做事，高堂活时尽孝心。

清明感赋

（2014 年 5 月 17 日）

国高毕业离开家，民主联军戴红花。
投笔从戎新婚别，母亲十七父十八。
三下江南松江雪，塔山旗红映朝霞。
兄妹七人皆成才，清明时节忆爸妈。

清明雪题照

（2014 年 5 月 18 日）

清明飘雪因天悲，寂寞荒野无餐炊。
本是桃源东郊好，追念故人泪雨飞。
人生甘苦世相传，山河依旧时光推。
仙翁山前应吞酒，此番相识几轮回？

雾凇题照

（2014 年 5 月 19 日）

雾凇几时有，手随相机抖。
君夸江南美，应觉少见羞。
人工林涛起，天保业千秋。
遥寄万里外，佳赏转群友。

有感仙翁山英雄排座次

（2014 年 5 月 20 日）

樵苏奇才出仙翁，雪莲继芳位居东。
日出参花映晓丽，神韵松巍和江萍。

答友人

（2014 年 5 月 21 日）

年过六旬腿脚糟，何必人为带律镣。
愿将太白词送酒，当今科举不诗考。

答友人

（2014 年 5 月 22 日）

昨日父亲是叛徒，今朝子女未胜出。
终身勤奋又何用，身似乞丐行踟蹰。

答友人

(2014 年 5 月 23 日)

路上相逢避坏蛋，不想吴用有今天。
三穷三富活到老，似爬烟筒在眼前。

春

(2014 年 5 月 23 日)

春雪报春花，春雨润春芽。
春雷唤春绿，春风迎春霞。
春桃献春礼，春宫敬春茶。
春草谢春晖，春天笑春家。

春

(2014 年 5 月 25 日)

初春六十体力佳，继续事业大奋发。
七十仲春精神爽，知识渊博勤谋划。
正春八十风光好，承上启下传帮查。
九十末春夕阳美，力争百岁戴红花。

春雪仙翁山题照

(2014 年 5 月 26 日)

巧扮春雪仙翁山，神手天生摄像佳。
深居兴安众未识，隐面绝色待晓天。
有才不愁群英会，姝容何须盼人前。
潘诗薛词唱天下，四方共赏美婵娟。

春

2014 年 5 月 27 日

春潮扑面万象新，男女老少喜迎春。
钢花飞溅映春霞，喜鹊欢叫报春音。
导弹春风昂巨首，园丁春意话语亲。
叟妪春心化春舞，哥妹春情献春人。

迎友人

（2014 年 5 月 28 日）

听涛观雪来，仙翁山门开。
春风送绿意，诗社进人才。

有感小兴安岭

(2014 年 5 月 29 日)

汤旺永翠汇流爱，小兴安岭献绿海。
红松列车奔全国，江南塞北乐开怀。
天保工程绘新绣，人工林取驱雾霾。
天生我才必有用，千金散尽还复来。

感赋

(2014 年 5 月 30 日)

人近七旬日增愁，峥嵘岁月频回头。
恨我复生涅槃艺，徒有丹心胸中留。
病欺年老夺余力，街笑蹒跚添多羞。
俊男靓女应着意，人间时光最难求。

答友人

（2014 年 5 月 31 日）

为人师时忆吾师，只争朝夕愈觉迟。
元生愚笨少机巧，勤奋奇恒天赏识。
少年义气不知趣，老成当为夕阳时。
苦思冥想非神韵，日渐靠近赋律诗。

感赋

（2014 年 6 月 1 日）

声色犬马志可消，惜毁前程命难保。
腐费害血尼古丁，美名唤作还阳草。
明为侵骨吸髓物，偏叫延龄福寿膏。
人本世间最灵性，身入歧途不可逃。

墓志铭

(2014 年 6 月 2 日)

疑是天才赋，却把勤长留。
多难坎坷路，志强功少羞。

诗赋

(2014 年 6 月 3 日)

勤能补拙成天才，提笔悬思妙入怀。
搜肠刮肚求平仄，灵机一动神韵来。
识文断字寻常事，赋诗填词谓茂才。
经邦定国出栋梁，擎天巨柱人民栽。

和友人

（2014 年 4 月 4 日）

车轮滚动做琵琶，一曲交响谱朝霞。
飞驰千骑成恶战，山射雕翎万箭发。
远送鸣笛飞速去，客自南海游松花。
旅途寂寞最难挨，默打腹稿为上佳。

绿叶集

戏赋

（2014 年 6 月 5 日）

电脑耍驴，不让我骑。
欺我年老，逼我休息。
老来难，
老来难。
老来电脑不让玩，
悲惨。

答友人

（2014 年 6 月 6 日）

仙翁诗社聚相识，名篇佳句立飞驰。
奇才李贺显身手，贾岛推敲韩愈思。
长城一曲唱天下，轰动山城赋雪词。
休觑格律轻易事，平仄十年功夫知。

答听涛观雪

（2014 年 6 月 7 日）

听涛观雪，高尚品格。
对门邻居，不识你我。
埋头考研，交流不多。
以文养病，余日几何。

坏电脑

（2014 年 6 月 8 日）

电脑乱捣蛋，咋哄不听唤。
惹得瞎子恕，送你垃圾站。

潘主持礼赞

（2014 年 6 月 9 日）

经常婚礼办，多活几十年。
朋友遍天下，好开顺风船。

仙翁雪后题照

（2014 年 6 月 10 日）

汤旺永翠汇绿谭，绿谭身伴仙翁山。
天公赏赐飞春雪，春雪不觉扑面寒。
喜看群英会天下，山下神笔书不凡。
一曲高歌仙子笑，子笑才女不婵娟。

答友人

（2014 年 6 月 11 日）

抓紧时间留点神，勤于观察选对人。
相貌身高都次要，日子过得要舒心。

雪凇题照

（2014 年 6 月 12 日）

日照雪山看树凇，别去冬腊春不同。
滋润嫩芽出新绿，可怜景美时不同。

感悟

（2014 年 6 月 13 日）

好花不常开，好景不常在。
多谢摄影师，频送梦中来。

家乡吟

（2014 年 6 月 14 日）

仙翁山石美如花，千树万草梳妆她。
碧源水清献甘露，月揽湖镜开奇葩。
永翠林泉涌甜酒，未醉游客不想家。
生在福里未觉福，乐游画中不知画。

家乡吟

（2014 年 6 月 15 日）

宁舍苏杭美天下，不去南国海天涯。
两曲玉带飘锦绣，一湾清水映月牙。
松香酝酿特曲酒，草绿缀满万种花。
青山怀抱幸福人，美丽南岔我的家。

雪凇题照

（2014 年 6 月 16 日）

满树雪凇开白花，人间美景献奇葩。
水蕴潋滟天然色，风饰柔装为复加。
虎丘园林未曾见，西湖山水有参差。
游遍天下家乡好，叟妪长寿乐无涯。

春花题照

（2014 年 6 月 17 日）

人在少女美如花，千情万爱无复加。
天知随意水浇雨，地勤园丁细梳耙。
川流不息是游客，摄影赋诗写生画。
可怜人无长久好，风吹树老秃枝丫。

刘公岛怀古—兼复拂晓

（2014 年 6 月 18 日）

五千年古经脉凝，闭关锁国顾不封。
狂吸大麻福寿膏，洋务维新血漂萍。
北洋水师拼撞舰，叶赫那拉送人情。
东瀛天皇勒裤带，中华军费庆诞生。

刘公岛怀古二兼复拂晓

（2014 年 6 月 19 日）

土炮昂首怒喷沙，天赐军港被抄家。
可怜黄海遍血战，困守门前白旗挂。
腐败堕落成狂潮，任凭豪杰涌泪花。
丈夫轻易不言战，强敌杀进不留槎。

刘公岛怀古三兼复拂晓

（2014 年 6 月 20 日）

中华民族人太傻，难见败降慈誓发。
三光政策照样做，大军越海去抄家。
男女老少全不留，免得野草再发芽。
敌国未灭内战起，留下祸患来重茬。

致拂晓

（2014 年 6 月 21 日）

雨露滋润日月栽，天降奇石自成才。
松花水暖催芽绿，冰城清明舒胸怀。
敢称群仙为挚友，心中必有雄兵在。
山中寂寞人遇困，一股新风省城来。

致宋淑琴

（2014 年 6 月 22 日）

峥嵘岁月成过去，一曲欢歌好运来。
此生满腔不平事，盼到那边云已开。

雪淞题照

（2014 年 6 月 23 日）

人和百岁似山河，山河依旧未改变。
密枝雪花缀满树，留待后生看人间。

悼雯之一

(2014 年 6 月 24 日)

闭月羞花面润红，舍生取义博雅空。
沉鱼落雁本罕见，屡败屡战攀山顶。

悼雯之二

(2014 年 6 月 25 日)

三岁童稚命已押，此生注定穷攀崖。
红颜弃身望壮举，晨读英俄挥泪花。

悼雯之三

(2014 年 6 月 26 日)

红颜搏命世相传，纵有花容貌天仙。
奈河桥边抱拥哭，铁头撞扁未状元。

无题

(2014 年 6 月 27 日)

身近大限欲成尘，心与命争败有因。
目赏人间胜仙境，锦章未完七十春。
天南海北幸游历，芙蓉国里赏情真。
一枕黄粱梦里诉，山盟难填海誓深。

春花题照

（2014 年 6 月 28 日）

含苞绽放情窦开，绿叶衔羞未成栽。
心存天真柔嫩翼，身有飞燕锦衣裁。
女持二八花容貌，天生不测风云来。
不求无限风韵存，一夕际会百年爱。

晨曦题照

（2014 年 6 月 29 日）

薄雾淡淡伴餐炊，晨光泛泛映朝晖。
都夸美景天然好，谁知摄影人疲惫。

樱花题照

（2014 年 6 月 30 日）

锦绣芙蓉漫枝载，难怪书痴夜醒来。
富士山下仙葩树，谁知樱花奉天开。

育林二院再次行

（2014 年 7 月 1 日）

日与死神争命大，白衣战士志可夸。
做无白天与黑夜，休想安静与闲暇。
温言轻抚钻心痛，耐心无限烦扰加。
七十二行人人有，殡义馆前拼生杀。

感赋

（2014 年 7 月 3 日）

人人显摆争高下，一脸横蛮死不怕。
生之与来惧末日，何必吹牛自夸大。
不病赶紧上医院，无疾偏要练武打。
不良嗜好少上瘾，何愁长寿不到家。

感赋

（2014 年 7 月 3 日）

退休五年返校园，一片生疏在眼前。
新楼不是旧场景，熟悉同事很少见。
昨日后生升主任，曾经新手变大仙。
士别三日须刮目，固步自封面无颜。

激光治疗有感

（2014 年 7 月 4 日）

时光一晃五十年，激光研究惜从前。
托人百里请购书，勉强啃读不释卷。
茅塞顿开速度快，开拓利用法无边。
毕生机会不算少，空泛逐日变空谈。

.

感慨

（2014 年 7 月 5 日）

捧书阅读眼生花，身无余力难当家。
虽有雄志不松手，头昏目眩自放下。
冰冻三尺非一日，功成九级无空暇。
昨日校园传喜讯，减负事无乐哈哈。

答友人

(2014 年 7 月 6 日)

平仄路不遥，推敲锐志消。
高在发现处，妙书随意瞧。
神韵自然舞，情寄奇妙潮。
多思弄墨界，创新胜追飘。

答友人

(2014 年 7 月 7 日)

月寄花容貌，才比婕好高。
闻生惊冷艳，心无怜人膏。
远亲逊近邻，老乡用得着。
何必寒冰水，照头铆劲浇。

无题

（2014 年 7 月 8 日）

书生无意竞争豪，宁求一世自平萧。
声随天雷无情炸，道伴地震随感嘲。
壁观当街指韩信，浪追水波击孟郊。
人情世故太可怕，难怪列公把头搔。

感悟

（2014 年 7 月 9 日）

浙商进书社，正对发花辙。
吟诗品龙井，佳句从天落。
工资虽一千，菜价八百多。
问我开糟糠，为何把粥喝。

求你停了吧

(2014 年 7 月 10 日)

写诗不必看读者，经商何必想顾客。
工资一千挂点零，几百元钱买茶喝。
米面油盐衣裤破，孩子上学要补课。
买卖不需跑市场，闭着眼睛胡咧咧。

请你走吧

(2014 年 7 月 11 日)

孩子这不是你的家，平仄韵押。
此地的市场不对路，钱不少花。
做事情一定要有度，最烦轰炸。
打点行装快快开路，请你走吧。

无题

（2014 年 7 月 12 日）

何日大发，开庄卖茶。
勿做广告，都上我家。
龙井碧螺，毛尖绿芽。
安静作诗，别来搅了。

感悟

（2014 年 7 月 13 日）

当家方知柴米贵，社刊需要印刷费。
诗友大家都努力，出书收入做后备。
总得这样也不行，闹心伤神加挨累。
编辑何日能垂青，俺们不用大富贵。

答友人

（2014 年 7 月 14 日）

书生应自明，弱者无同情。
奋力去拼搏，弃留一阵风。

感赋

（2014 年 7 月 15 日）

晨起为夜半，陋习自少年。
屈指有四日，诗社一周年。
九死拼一生，避难赴兴安。
三旬成怪物，痴女不弃嫌。
老土教外文，誓返未名畔。
鳌头曾占取，复试几回还。
奈何年龄超，蹉跎卅十年。
同事皆戏谑，头扁未状元。
二零一四考，女儿超吾前。
身疲力已尽，赋诗自慰安。
歌行不算律，另类遭白眼。
心梗本自危，生死须臾间。
仙翁刘公悯，候补做社员。
口号顺口溜，情真是自然。
葛衣文集在，落寂人心寒。
佳篇写诗句，时过境已迁。
终有李杜才，影评夺众眼。

有心巧栽花，无力去耕田。
凑成诗三百，略胜交白卷。
活到明年时，平仄想必全。

观回文诗有感

（2014 年 7 月 16 日）

回文诗赋才智高，负心愚夫泪花飘。
天香国色有几日，慧女取胜不用刀。
内室干政多遭忌，丈夫成败又谁招。
不愁前程无知己，名驰天下有人朝。

谷雨梨花约会题照

（2014 年 7 月 17 日）

桃红柳绿暗闻莺，人面桃花双娉婷。
谷雨约会多湿意，红杏出墙怕春风。

和友人

（2014 年 7 月 18 日）

乐逢午马年，谷雨农家欢。
春风唤新绿，地肥催苗全。
坝壮浪自消，永别恐饥寒。
愿饮自强水，长寿仙翁山。

复活节感悟

（2014 年 7 月 19 日）

复活节到雨渐沥，上帝无奈好悲凄。
嘴里阿门念不止，手脚不停搞东西。
公检法司没空闲，律师颠簸不沾泥。
口是心非做何用，基督天主东正欺。

忆十年知青

（2014 年 7 月 20 日）

十年劳苦叫知青，广阔天地炼深功。
早晚两头不见日，无论寒暑和秋冬。
争分夺秒闲看书，任凭东西南北风。
百货商场张红榜，兄妹高歌进龙城。

云海题照

（2014 年 7 月 21 日）

颜色苍茫云雾中，几片孤岭山缀松。
早是天然神造就，愿为摄影取峻峰。
黄沙淘尽始得金，跑遍天涯觅奇踪。
海阔天高任游客，人间本是美仙境。

和友人之一

(2014 年 7 月 22 日)

古往今来多阴晴，举杯自饮半醉中。
柔枝嫩嫩湖边柳，静案轻轻湖上亭。
天涯海角无寻觅，始觉孤独心内空。
走笔高歌抒情意，高山流水有人听。

和友人之二

(2014 年 7 月 23 日)

年年谷雨年年晴，农家少见醉酒中。
春雨渐渐牵嫩柳，微风阵阵过湖亭。
自古知音本难觅，志同道合少至空。
月影默移有新意，何愁琴断无人听。

和友人之三

(2014 年 7 月 24 日)

阴雨过罢必还晴，失望总在孤独中。
遍插姻缘垂杨柳，漫题佳对月湖亭。
铁鞋踏破似难觅，未知身旁不是空。
留得子虚相如意，终有知音夜伴听。

日出题照之一

(2014 年 7 月 25 日)

日出灿烂望东山，花露晶莹润心田。
学子勤奋念外语，老农驾机正耕田。
熬夜小子做美梦，摄影大师早上山。
不辞千种攀登苦，永留难忘一瞬间。

日出题照之二

（2014 年 7 月 26 日）

山外青山天外天，日照山花美流欢。
一年四季春最好，人生辉煌在少年。
勤奋努力莫松懈，休信减负坐空谈。
百尺竿头再进步，乘风破浪永向前。

张大师茂花题照

（2014 年 7 月 27 日）

春风吹开一朵花，美生心里甜意发。
奇葩贵在秋结果，莫怕邻居举手夸。

市场观光

（2014 年 7 月 28 日）

邻居阿三赶路忙，风吹人群不透墙。
到底买货是看人，卖鱼鲜花是女郎。

感触

（2014 年 7 月 29 日）

一招不慎满盘输，借题发挥戏谑出。
胡言乱语是非搅，惹怒红颜泪滴珠。

感悟

（2014 年 7 月 30 日）

诗社庆典一周年，载歌载舞乐翻天。
举杯互视满面笑，有人甘甜有人酸。

感悟

（2014 年 7 月 31 日）

诗社盛开一枝花，全靠大家关爱她。
轻描细抹总相宜，日后必然放光华。

绿叶集